C'EST ÉGAL

AGOTA KRISTOF

C'EST ÉGAL

nouvelles

ÉDITIONS DU SEUIL
27, rue Jacob, Paris VIᵉ

ISBN 2-02-078764-4

www.seuil.com

La hache

«Entrez, docteur. Oui, c'est ici. Oui, c'est moi qui vous ai appelé. Mon mari a eu un accident. Oui, je crois que c'est un accident grave. Très grave même. Il faut monter à l'étage. Il est dans notre chambre à coucher. Par ici. Excusez-moi, le lit n'est pas fait. Vous comprenez, je me suis un peu affolée quand j'ai vu tout ce sang. Je me demande comment j'aurai le courage de nettoyer ça. Je crois que je vais plutôt aller habiter ailleurs.

«Voici la chambre, venez. Il est là, à côté du lit, sur le tapis. Il a une hache enfoncée dans le crâne. Voulez-vous l'examiner? Oui, examinez-le. C'est vraiment stupide comme accident, n'est-ce pas? Il est tombé du lit dans son sommeil, et il est tombé sur cette hache.

« Oui, elle est à nous, cette hache. Elle se trouve normalement au salon, à côté de la cheminée, elle sert à couper le petit bois.

« Pourquoi se trouvait-elle à côté du lit ! Je n'en sais rien. Il a dû appuyer cette hache lui-même contre la table de nuit. Il avait peut-être peur des cambrioleurs. Notre maison est assez isolée.

« Vous dites qu'il est mort ? J'ai tout de suite pensé qu'il était mort. Mais je me suis dit qu'il valait mieux qu'un médecin s'en assure.

« Vous voulez téléphoner ? Ah oui ! aux ambulances, n'est-ce pas ? A la police ? Pourquoi à la police ? Il s'agit d'un accident. Il est tombé du lit, simplement, sur une hache. Oui, c'est rare. Mais il y a des tas de choses qui arrivent comme ça, bêtement.

« Oh ! Vous croyez peut-être que c'est moi qui ai placé la hache à côté du lit pour qu'il tombe dessus ? Mais je ne pouvais pas prévoir qu'il allait tomber du lit !

« Vous croyez même peut-être que je l'ai poussé, et qu'ensuite je me suis endormie tranquillement, enfin seule dans notre grand lit, sans entendre ses ronfle-ments, sans sentir son odeur !

« Voyons, docteur, vous n'allez pas supposer des choses pareilles, vous ne pouvez pas...

« C'est vrai, j'ai bien dormi. Il y a des années que je n'avais pas aussi bien dormi. Je ne me suis réveillée qu'à 8 heures du matin. J'ai regardé par la fenêtre. Il y avait du vent. Les nuages, blancs, gris, ronds, jouaient devant le soleil. J'étais heureuse, et je pensais qu'avec les nuages on ne savait jamais. Peut-être allaient-ils se disperser – ils couraient si vite –, peut-être allaient-ils se réunir et descendre sur nos épaules en forme de pluie. Cela m'était égal. J'aime beaucoup la pluie. D'ailleurs, ce matin tout me paraissait merveilleux. Je me sentais allégée, débarrassée d'un fardeau qui depuis si longtemps...

« C'est alors qu'en tournant la tête je me suis aper-çue de cet accident, et je vous ai tout de suite télé-phoné.

« Vous aussi, vous voulez téléphoner. Voilà l'appa-reil. Vous appelez les ambulances. Vous allez faire emporter le corps, n'est-ce pas ?

« Vous dites que l'ambulance est pour moi ? Je ne

comprends pas. Je ne suis pas blessée. Je n'ai aucun mal, je me sens très bien. Le sang que j'ai sur ma chemise de nuit, ce n'est que le sang de mon mari qui a giclé, quand...»

Un train pour le Nord

Une sculpture dans un parc, près d'une gare abandonnée.

Elle représente un chien et un homme.

Le chien est debout, l'homme est à genoux, ses
bras entourent le cou du chien, sa tête est légèrement
penchée.

Les yeux du chien regardent la plaine qui s'étend à
l'infini à gauche de la gare, les yeux de l'homme sont
fixés droit devant lui, par-dessus le dos du chien, ils
regardent les rails envahis par les herbes, où plus
aucun train ne passe depuis longtemps. Le village que
desservait la gare désaffectée est abandonné par ses

habitants. Il y a encore quelques citadins amoureux de la nature et de la solitude qui s'y installent à la belle saison, mais ils possèdent tous une voiture.

Il y a aussi le vieillard qui rôde dans le parc et qui affirme avoir sculpté le chien et, en l'embrassant – car il l'aimait beaucoup –, avoir été pétrifié lui-même.

Quand on lui demande comment cela se fait qu'il soit tout de même là, vivant, en chair et en os, il répond avec simplicité qu'il attend le prochain train pour le Nord.

On n'a pas le cœur de lui dire qu'il n'y a plus de train pour le Nord, qu'il n'y a plus de train pour nulle part. On lui propose de le conduire en voiture, mais il secoue la tête.

– Non, pas en voiture. C'est à la gare qu'on m'attend.

On lui propose de l'emmener à la gare, à n'importe quelle gare du Nord.

Il secoue la tête derechef.

– Non, merci. Je dois prendre le train. J'ai écrit des lettres. A ma mère. A ma femme aussi. J'ai écrit que j'arriverai par le train de 8 heures du soir. Ma femme m'attend à la gare avec les enfants. Ma mère m'attend aussi. Depuis que mon père est mort, elle m'attend pour l'enterrement. Je lui ai promis de venir à l'enterrement. Je compte aussi revoir ma femme et mes enfants que j'ai... abandonnés. Oui, je les ai abandonnés. Pour devenir un grand artiste. J'ai fait de la peinture, de la sculpture. A présent, j'ai envie de rentrer.

— Mais tout cela, la lettre à votre mère et à votre femme, l'enterrement de votre père, enfin tout ça date de quand ?

— Tout ceci date de... quand j'ai empoisonné mon chien, parce qu'il ne voulait pas me laisser partir. Il s'accrochait à ma veste, à mon pantalon, il hurlait quand je voulais monter dans le train. Alors, je l'ai empoisonné, et je l'ai enterré sous la sculpture.

— La sculpture y était déjà ?

— Non, je l'ai sculptée le lendemain. J'ai sculpté mon chien ici, sur sa tombe. Et quand le train du Nord est arrivé, je l'ai embrassé une dernière fois, et... je me suis pétrifié sur son cou. Même mort, il ne voulait pas me laisser partir.

— Pourtant, vous êtes là, et vous attendez un train.

Le vieillard rit :

— Je ne suis pas aussi fou que vous croyez. Je sais très bien que je n'existe pas, je suis en pierre, couché sur le dos de mon chien. Je sais aussi que les trains ne passent plus à cet endroit. Je sais aussi que mon père est enterré depuis longtemps, que ma mère, morte, également, ne m'attend plus à aucune gare, personne ne m'attend. Ma femme s'est remariée, mes enfants sont devenus des adultes. Je suis vieux, monsieur, très vieux, plus vieux même que vous ne le pensez. Je suis une statue, je ne partirai pas. Tout ceci n'est plus qu'un jeu entre mon chien et moi, un jeu que nous avons joué pendant des années, un jeu qu'il a gagné d'avance à l'instant où je l'ai connu.

Chez moi

Est-ce que ce sera dans cette vie ou dans une autre ?

Je rentrerai chez moi.

Dehors, les arbres hurleront, mais ils ne me feront plus peur, ni les nuages rouges, ni les lumières de la ville.

Je rentrerai chez moi, un chez-moi que je n'ai jamais eu, ou trop loin pour que je m'en souvienne, parce qu'il n'était pas, pas vraiment chez moi, jamais.

Demain j'aurai ce chez-moi, enfin, dans un quartier pauvre d'une grande ville. Un quartier pauvre, car comment devenir riche de rien, quand on vient d'ailleurs, de nulle part, et sans désir de devenir riche?

Dans une grande ville, car les petites villes n'ont que quelques maisons de déshérités, seules les grandes villes possèdent des rues et des rues sombres à l'infini où se tapissent des êtres semblables à moi.

Dans ces rues, je marcherai vers ma maison.

Je marcherai dans ces rues fouettées par le vent, éclairées par la lune.

Des femmes obèses, prenant le frais, me regarderont passer sans mot dire. Moi, je saluerai tout le monde, remplie de bonheur. Des enfants presque nus rouleront dans mes jambes, je les soulèverai en souvenir des miens qui seront grands, riches, et heureux quelque part. Je les caresserai, ces enfants de n'importe qui, et je leur offrirai des choses brillantes et rares. Je relèverai aussi l'homme ivre, tombé dans le ruisseau, je consolerai la femme qui court, hurlant dans la nuit, j'écouterai ses souffrances, je la calmerai.

Arrivée chez moi, je serai fatiguée, je me coucherai sur le lit, n'importe quel lit, les rideaux flotteront comme flottent les nuages.

Ainsi le temps passera.

Et, sous mes paupières, passeront les images de ce rêve mauvais que fut ma vie.

Mais elles ne me feront plus mal.

Je serai chez moi, seule, vieille et heureuse.

Le canal

L'homme regardait s'en aller sa vie.

A quelques mètres de lui, sa voiture brûlait encore.

Par terre, c'était rouge et blanc, sang et neige, menstrues et sperme, et plus loin l'indigo des montagnes entouré d'un collier de lumière.

L'homme pensait :

« Ils allument trop tôt. Il ne fait pas encore nuit. Des étoiles. Je ne sais pas leur nom. Je ne l'ai jamais su. »

Nausée, vertige. L'homme se rendort, et refait son rêve, son cauchemar, le même, toujours le même.

Il marche dans les rues de sa ville natale et cherche

à rejoindre son fils. Son fils qui l'attend dans une des maisons de la ville, dans la maison où lui-même attendait son père autrefois.

Seulement il est perdu, il ne reconnaît plus les lieux, impossible de retrouver sa rue, sa maison.

« Ils ont tout changé, tout. »

Il arrive sur la place principale, autour de lui les maisons brillent, oui, elles sont faites de métal jaune et de verre, et s'élancent jusqu'aux nuages.

« Qu'ont-ils fait ? C'est monstrueux ! »

Puis il comprend.

« Ils ont trouvé de l'or. L'or dont les vieillards parlaient, l'or des rochers, l'or des légendes. Ils l'ont trouvé, et ils ont construit une ville en or, une ville unique, une ville de cauchemar. »

Il quitte la place, et se retrouve dans une vieille rue large que bordent des maisons de bois, des granges décrépites. Le sol est poussiéreux, et il lui est doux de marcher pieds nus dans cette matière.

« Voici ma rue, je l'ai retrouvée, je ne suis plus perdu, il n'y a rien de changé ici. »

Une tension étrange règne pourtant.

L'homme se retourne, et voit le puma à l'autre

extrémité. Un animal splendide, beige et doré, dont les poils soyeux brillent sous le soleil brûlant.

Tout brûle. Les maisons, les granges s'enflamment, mais il lui faut continuer sa marche entre ces deux murs de feu, car le puma lui aussi se met en marche et le suit à distance avec une lenteur majestueuse.

«Où se réfugier? Il n'y a pas d'issue. Les flammes, ou les crocs. Peut-être au bout de la rue? Cette rue doit se terminer quelque part, l'infini n'existe pas, toutes les rues se terminent, elles débouchent sur une place, sur une autre rue. Au secours!»

Il a crié. Le puma est près de lui, juste derrière lui. L'homme n'ose plus se retourner, il ne peut plus avancer, ses pieds s'enracinent dans le sol. Il attend avec un effroi indicible que l'animal, enfin, lui saute sur le dos, le déchire des épaules jusqu'aux cuisses, lui lacère la tête.

Mais le puma le dépasse, continuant son chemin, impassible, pour se coucher aux pieds d'un enfant qui n'était pas là auparavant, mais qui vient d'apparaître et qui caresse la tête du puma.

L'enfant regarde l'homme paralysé par la peur.

– Il n'est pas méchant, il est à moi. Vous ne devez

pas en avoir peur, il ne mange pas de viande, il ne mange que des âmes.

Il n'y a plus de flammes, le brasier s'est éteint, toute la rue n'est que cendres douces et refroidies.

Un sourire éclaire les traits de l'homme.

– Tu es peut-être mon fils ? Tu m'attendais ?

– Je n'attendais personne, mais en effet, tu es mon père. Suis-moi.

L'enfant le conduit aux confins de la ville où coule une rivière aux reflets jaunes, éclairée par de puissants projecteurs. Des silhouettes couchées sur le dos se laissent porter par le courant, les yeux tournés vers le ciel étoilé.

L'homme a un ricanement.

– Des créatures de rêve ? Des vieillards, oui. Je re-connais mon père et ma mère dans l'eau de la rivière de l'éternelle jeunesse.

Le puma, doré, statufié, s'étire sur la façade d'un édifice gigantesque.

– Non, dit le puma, tu es trop stupide. Ne ris pas. Ceci n'est pas la rivière de l'éternelle jeunesse, ce sont les canalisations de la ville qui emportent les déchets. Les morts, et tout ce dont on voudrait se débarrasser,

comme la mauvaise conscience, les erreurs, les aban-
dons, les trahisons, les crimes, les meurtres.

– Il y a eu des meurtres ?

– Oui. Tout cela est emporté par l'eau limpide de la
rédemption. Mais les morts reviennent, la mer ne les
accepte pas. Elle les renvoie dans un autre canal qui
les ramène ici. Ensuite, ils tournent autour de la ville
comme les âmes d'autrefois.

– Ils ont l'air heureux, pourtant.

– Leur visage est figé dans une éternelle expression
de politesse. Mais ce qu'ils ressentent, qui pourrait le
savoir ?

– Toi, probablement.

– Je ne vois que l'extérieur. Je constate.

– Que constates-tu ?

– Que tout extérieur entouré d'un autre extérieur
devient un intérieur aussi indubitablement qu'un
intérieur qui admet un intérieur se change en extérieur.

– Je ne comprends pas.

– Cela n'a aucune importance. Tu vas mourir, tu
tomberas dans le canal et tu tourneras autour de la
ville.

– Non. Moi, si je meurs, je m'envole vers les étoiles.

– Les oiseaux tombent aussi quand ils meurent, et du reste tu n'as même pas d'ailes.

– Mon fils ?

– Il est là, derrière toi, c'est lui qui t'aidera.

L'enfant lève sa main frêle pour toucher le dos de l'homme, et l'homme tombe sans un cri. Il se laisse porter par l'eau du canal, les yeux fixés sur les étoiles qu'il ne voit plus.

En haussant les épaules, l'enfant s'éloigne.

Le puma soupire :

– C'est ainsi, de génération en génération.

Il incline sa grosse tête sur ses pattes de devant, et tout l'édifice s'écroule.

La mort d'un ouvrier

Inachevée restait la syllabe, sans signification, accrochée entre la fenêtre et le vase de fleurs.

Inachevé le geste de tes doigts affaiblis, dessinant la moitié d'un N majuscule sur les draps.

– Non !

Tu croyais qu'il suffisait de garder les yeux ouverts pour que la mort ne puisse pas t'atteindre. Tu les as écarquillés jusqu'à la limite de tes forces, mais la nuit est venue, elle t'a pris dans ses bras.

Hier encore, tu songeais à ta voiture que tu n'as pas fini de laver ce samedi-là, déjà si lointain, quand tu as reçu le poing de la douleur à l'estomac pour la première fois.

– Cancer, avait dit le médecin, et la propreté de ton lit d'hôpital te remplit d'horreur.

Même tes mains sont devenues blanches avec les jours, les semaines, les mois. Disparue, l'huile indécrottable, tes ongles ne se cassaient plus, restaient longs et roses comme ceux d'un fonctionnaire.

Le soir, tu pleurais silencieusement, sans hoquets, sans secousses, rien que les larmes qui coulaient doucement sur l'oreiller, sans aucun bruit, dans la salle commune où la lumière verte des veilleuses creusait des fosses sur les joues et sous les yeux de tes voisins malades.

Non, tu n'étais pas seul.

Vous étiez six ou sept à mourir d'un jour à l'autre.

Comme à la fabrique. Tu n'y étais pas seul non plus, vous étiez vingt ou cinquante à faire le même geste d'un jour à l'autre.

Ta fabrique ne fabriquait pas seulement des montres, elle fabriquait aussi des cadavres.

Et, à l'hôpital comme à la fabrique, vous n'aviez rien à vous dire l'un à l'autre.

Toi, tu pensais que les autres dormaient, ou qu'ils étaient déjà morts.

Les autres pensaient que toi, tu dormais, ou que tu étais déjà mort.

Personne ne parlait, toi non plus.

Tu ne voulais plus parler, tu voulais seulement te souvenir de quelque chose, mais tu ne savais pas de quoi.

Il n'y avait pas de quoi se souvenir.

Tes souvenirs, ta jeunesse, ta force, ta vie, la fabrique les avait pris. Elle ne t'a laissé que la fatigue, la fatigue mortelle de quarante ans de travail.

Je ne mange plus

C'est trop tard. Je ne mange plus. Je refuse le pain et les éclats de nerfs. Je refuse aussi le sein maternel, offert à tous les nouveaux venus dans les laiteries de douleurs.

On m'a nourri de maïs dès que j'ai su vivre, et de haricots.

A tous les mets inconnus, j'avais bâti un sanctuaire, en allant voler nos quelques pommes de terre sur les champs infinis de mon pays natal.

A présent, j'ai nappe blanche, cristaux, argenterie, mais saumons et selles de chevreuil sont arrivés trop tard.

Je ne mange plus.

Souriant, je lève mon verre rempli d'un vin rare en l'honneur de mes hôtes pour le repas du soir. Je repose mon verre vide, mes doigts blancs et maigres caressent les fleurs brodées de la nappe.

Je me souviens...

Et je ris en observant mes convives qui se penchent, voraces, sur le civet de lièvre tiré par moi-même dans les champs étriqués de leur pays natal.

Qui n'est, en réalité, que leur chat domestique favori.

Les professeurs

Au cours de mes années d'études, j'éprouvais une très vive affection pour mes professeurs. Ils m'inspiraient tant d'admiration et de respect que je me sentais obligé de les défendre de la brutalité de mes compagnons de classe.

La torture inutile des professeurs me révoltait. Même quand ils donnaient de mauvaises notes. Les mauvaises notes n'ont aucune importance, alors pourquoi faire du mal à ces êtres faibles et sans défense?

Je me souviens d'un de mes camarades qui, très habile, se glissait silencieusement derrière notre professeur de biologie et, à travers sa colonne vertébrale, lui retirait ses nerfs pour les distribuer parmi nous.

Il était possible de fabriquer pas mal d'objets avec ses nerfs, pas exemple des instruments de musique. Plus le nerf était usé, plus le son était délicat.

Notre professeur de mathématiques était très différent du professeur de biologie. Ses nerfs étaient absolument inutilisables. Par contre, il possédait un crâne complètement chauve, ce qui permettait d'y dessiner des cercles parfaits à l'aide d'un compas. Cercles dont je notais soigneusement la circonférence dans mon carnet, pour en tirer des conclusions plus tard.

Mes compagnons, grossiers ignorants, ne trouvaient naturellement rien de mieux que de viser mes cercles avec leurs frondes – fabriquées à partir des nerfs plus haut cités –, sournoisement, quand le professeur nous tournait le dos pour dessiner le triangle rectangle du théorème de Pythagore sur le tableau noir.

Je vais encore dire quelques mots de notre talentueux enseignant de littérature. Brièvement, car je sais que les souvenirs d'école d'autrui sont ennuyeux pour ceux qui les écoutent.

Une fois, donc, cet homme m'a lancé la craie à la tête pour me tirer de mon sommeil matinal habituel. J'ai horreur d'être réveillé ainsi, mais je ne me suis pas fâché du tout, tant mon amour pour les professeurs et pour la craie était profond. A cause de mon manque de calcium, je consommais une quantité énorme de craie à l'époque. Cela me donnait un peu de fièvre, mais je n'en ai jamais profité pour négliger l'école, car – je ne cesse de le répéter – j'aimais les professeurs et tout particulièrement l'enseignant (hautement talentueux) de littérature.

C'est pour cela que, pris de pitié pour ce malheureux, après un poème assassiné par ses élèves, à midi trente exactement, dans le parc à côté de l'école, à l'aide d'une corde à sauter oubliée là par des petites filles, j'ai mis fin à ses souffrances.

Mon acte humanitaire fut récompensé par sept ans de prison. Or, je n'ai jamais eu à le regretter, tant ces sept années furent riches en enseignements de toutes sortes, tant mon affection pour les geôliers, et mon admiration pour le directeur de la prison étaient grandes.

Mais ceci est une autre histoire.

L'écrivain

Je me suis retiré pour écrire l'œuvre de ma vie.

Je suis un grand écrivain. Personne encore ne le sait, car je n'ai encore rien écrit. Mais quand je l'écrirai, mon livre, mon roman...

C'est pour ça que je me suis retiré de mon travail de fonctionnaire et de... de quoi encore ? De rien d'autre. Car, des amis, je n'en ai jamais eu, des amies encore moins. Je me suis pourtant retiré du monde pour écrire un grand roman.

L'ennui, c'est que je ne sais pas quel sera le sujet de mon roman. On a déjà tellement écrit sur tout et sur n'importe quoi.

Je devine, je sens que je suis un grand écrivain,

mais aucun sujet ne me paraît assez bon, assez grand, assez intéressant pour mon talent.

Alors, j'attends. Et, en attendant, je souffre évidemment de la solitude, et de la faim aussi, parfois, mais c'est par cette souffrance même que j'espère parvenir à un état d'âme qui me fera découvrir un sujet digne de mon talent.

Malheureusement, le sujet tarde à se manifester, et ma solitude devient de plus en plus lourde et pesante, le silence m'entoure, le vide s'installe partout, pourtant ce n'est pas très grand chez moi.

Mais ces trois choses horribles, la solitude, le silence et le vide, crèvent mon toit, explosent jusqu'aux étoiles, s'étendent à l'infini, et je ne sais plus si c'est la pluie ou la neige, si c'est le fœhn ou la mousson.

Et je crie :

– J'écrirai tout, tout ce qu'on peut écrire.

Et une voix me répond, ironique, mais enfin une voix :

– D'accord, fiston. Tout, mais pas plus, hein ?

L'enfant

Ils sont assis là, sur une terrasse de bistrot. Ils regardent les gens passer. Les gens passent, comme d'habitude, comme n'importe qui, comme il faut, ils passent. Les gens aiment passer à leur tour.

Moi, je traîne, je traîne à leur suite. Je rage, je m'arrête, je crache, je pleure, puis je m'assieds au bord du trottoir, et je tire la langue à tous les passants qui passent.

– Tu es mal élevé, disent les passants.

– Oui, tu nous fais honte, disent mes parents.

Eux aussi me font honte. Ils ne m'ont pas acheté le fusil, le beau fusil que je voulais. Ils ont dit :

– Ce n'est pas un beau jouet.

Pourtant, j'ai vu mon père au service militaire. Il avait un fusil, un vrai, pour tuer. Mais quand j'ai vu de beaux fusils pour enfants, des fusils d'Indiens, pour la chasse, pour jouer, ils ont dit que c'était un très vilain jouet, et ils m'ont acheté une toupie !

Je suis là, assis au bord du trottoir. Je me lève, je rage, je pleure, je crache, je crie :

– Vous êtes mal élevés, vous me faites honte : vous dites des mensonges, vous faites semblant d'être gentils ! Quand je serai grand, je vous tuerai !

La maison

Il avait dix ans. Il était assis sur le trottoir, regardant le camion qu'on chargeait de meubles et de caisses.

— Que font-ils? demanda-t-il à un camarade de rue qui venait s'asseoir à côté de lui.

— Pardi!, ils déménagent, dit l'autre. J'aimerais bien devenir déménageur. C'est un beau métier. Il faut être costaud.

— Tu veux dire qu'ils vont habiter dans une autre maison?

— Forcément, s'ils déménagent.

— Les pauvres. Il leur est arrivé malheur?

— Pourquoi un malheur? Au contraire. Ils vont se

retrouver dans une maison plus grande et plus belle. A leur place, je serais content.

Il est rentré, il s'est assis dans l'herbe du jardin, et il a pleuré.

– Ce n'est pas possible. Quitter une maison pour une autre, c'est aussi triste que si on avait tué quelqu'un.

A l'âge de quinze ans, il avait changé de ville. Cela se passait en hiver. Par la fenêtre du train, il regardait son enfance s'éloigner. Puis, en souriant, il a dit à sa mère :

– J'espère que tu te sentiras bien là-bas.

Mais un jour il a remis les pieds dans l'ancienne maison, un dimanche, au début de juin.

Le voisin, un infirme qui avait toujours aimé ce petit garçon poli, taciturne, était très content de le revoir.

– Assieds-toi, et raconte-moi ce que vous êtes devenus, dans la grande ville.

– Ici, il n'y a rien de changé, répondit le garçon en jetant un regard sur la chambre unique. Me permettez-vous de sortir dans le jardin ?

D'un seul pas, il franchit la haie et se trouva de nouveau chez lui.

L'air était chargé de l'odeur des framboises trop
mûres, flétries par le soleil.

Il s'avança et il la vit.

La maison était là, immobile, vide.

— Tu me sembles fatiguée, lui dit-il, tu dois tout de
même savoir que je suis de retour.

Dès lors, il lui rendit visite chaque semaine, il la
regardait, il lui parlait.

— Souffres-tu autant que moi ? lui demanda-t-il un
après-midi, quand la pluie d'octobre frappait sans
pitié les murs gris de la maison et que les fenêtres
tremblaient dans le vent.

— Ne pleure pas, cria-t-il en sanglotant, je te promets
de revenir pour toujours.

Un homme se pencha à une fenêtre, regardant le
jardin d'un œil sévère.

— Il y a quelqu'un, chuchota le garçon anéanti par
la douleur, tu as pris quelqu'un d'autre, tu ne m'aimes
plus. Je hais cet homme !

La fenêtre se referma avec un bruit sec, et le train
repartit, s'envola à travers les champs morts.

Bientôt, l'océan les sépara, et puis le temps.

Le garçon n'était plus un garçon, il était un homme.

Et le temps, et l'océan, les lumières de la grande ville, les maisons qui touchaient les nuages lui chuchotaient pendant la nuit :

– Tu vois, tu vois, comme tu es loin, loin de moi.

Les visages, la foule des visages, l'uniformité des visages, le bruit, le vacarme insensé, si monotone qu'il s'apparente au silence, et les horloges, les cloches, les réveils, les téléphones, les portes capitonnées, les murmures de l'ascenseur, les rires, la musique folle, insupportable.

Au-dessus de tout cela, une voix résignée et presque ridicule, une voix lointaine, triste, vieille :

– Tu vois comme tu es loin de moi. Tu m'as abandonnée, tu m'as oubliée.

Le petit garçon était maintenant un homme riche. Il décida alors de faire reconstruire sa maison, sa première maison. Il en avait déjà plusieurs. Une au bord de la mer, une autre dans un quartier chic, un chalet à la montagne. Mais il désirait posséder la première, l'unique.

Il consulta un architecte, lui décrivit confusément la maison de son enfance.

L'architecte sourit : on le sollicitait constamment pour des réalisations sans rapport avec la réalité.

– J'ai besoin de chiffres précis, des mesures. Sans les mesures, je ne peux rien faire.

– Oui, je comprends. Je vais écrire, je vais faire mesurer. Ce qui est important, c'est la véranda, et la vigne qui grimpe sur les murs. Sans oublier la poussière sur les feuilles et sur les grappes de raisin.

Quand la maison fut construite, il acquiesça.

– Oui, elle est exactement comme l'autre.

Il souriait, mais ses yeux étaient vides.

Quelques jours après, il partit sans rien dire à personne.

D'un endroit à l'autre, d'une ville à l'autre, il prenait des avions, des bateaux, des trains.

Toujours ailleurs, là où rien ne lui ressemblait. Les lumières froides des grandes villes, c'était beau et différent, impossible même de songer à les aimer.

– J'ai fait faire une copie. Ridicule. Comme si on pouvait copier ce qu'on a connu.

Un grand hôtel, aucune ressemblance. Un tapis sur les marches, un tapis dans le hall.

– Une lettre pour vous, monsieur.

Dans l'ascenseur, il ouvre la lettre.

«Pourquoi es-tu parti?»

Un choc. Mais les maisons n'écrivent pas de lettres. C'était simplement sa femme.

«Pourquoi es-tu parti?»

C'est vrai, pourquoi?

La lettre reste sur la table. Demain, les trains s'envoleront plus loin sur leurs rails hurlant de fatigue.

Tellement fatigués, les rails, qu'on s'arrête en rase campagne. Ennui technique.

Un homme sort d'un wagon-couchettes de première classe. Personne ne prête attention à lui. Il descend le talus, il se trouve dans un champ mort, boueux. Le train repart. Quand son bruit s'est estompé, l'homme se met à parler:

– Tu me sembles fatiguée, dit-il. Mais tu dois savoir que je suis revenu.

Une maison se dresse devant lui, immobile, vieille.

– Tu es belle.

Ses doigts ridés caressent les murs délabrés.

– Regarde. J'écarte les bras et je t'embrasse, comme j'ai embrassé la femme que je n'ai même pas songé à aimer.

Sous la véranda de la maison, un garçon apparaît, les yeux tournés vers la lune.

L'homme s'approche de lui.

— Je t'aime, dit-il, et il lui semble que c'est la première fois qu'il prononce ces mots usés.

L'enfant le dévisage d'un regard sévère.

— Petit garçon, dit l'homme, pourquoi regardes-tu la lune ?

— Je ne regarde pas la lune, répond l'enfant agacé. Je ne regarde pas la lune, je regarde l'avenir.

— L'avenir ? dit l'homme. L'avenir, j'en viens. Et il n'y a que des champs morts et boueux.

— Tu mens, tu mens, crie l'enfant en colère. Il y a de la lumière, de l'argent, de l'amour, des jardins pleins de fleurs !

— J'en viens, moi, répète doucement l'homme, et il n'y a que des champs morts et boueux.

Alors l'enfant le reconnaît et se met à pleurer. L'homme se sent honteux.

— Tu sais, c'est peut-être seulement parce que moi, je suis parti.

— Ah ! bon, dit l'enfant rassuré. Moi, je ne partirai jamais.

LA MAISON

La femme a crié quand elle a vu le vieillard assis sous la véranda. Il n'a pas bougé en entendant ce cri. Pourtant, il n'était pas encore mort. Il était seulement assis là, et regardait le ciel en souriant.

Ma sœur Line, mon frère Lanoé

— Ma sœur Line, j'erre dans les rues, je n'ose pas te le dire, tu le sais pourtant, ma sœur, mon amour, tes lèvres, l'ourlet de tes oreilles, ma sœur Line, il n'y a pas d'autres filles pour moi, il n'y a que toi, ma sœur Line, dès l'enfance je t'ai vue, nue, sans seins, sans sexe, je n'ai vu que tes cuisses, pour le reste tu étais semblable à moi. Ma sœur Line, les années ont passé, je deviens fou de sentir tes cuisses serrées près de moi, ton visage effrayé, ta lèvre tremblante de pleurs contenus. Line, ma sœur Line. Aujourd'hui j'ai vu dans le linge sale ta culotte tachée de sang, tu es devenue une femme, je dois te vendre, ma sœur, oh, ma sœur Line !

– Mon frère Lanoé, c'est ainsi que cela se passe ? Mon frère Lanoé, tu es parti ce soir. Moi, je restais là, seule avec le vieux, et j'avais peur parce que tu n'étais pas là. Plus tard, ils se sont couchés, le vieux et la vieille, toi, frère Lanoé, tu n'es pas revenu. J'ai attendu longtemps devant ma fenêtre, jusqu'à ce que tu arrives avec un autre homme. Vous êtes entrés dans ma chambre, toi et l'inconnu, et j'ai fait tout ce que tu voulais que je fasse. Je suis une femme, frère Lanoé, je sais ce que je dois au vieux et à toi, je le fais de bon cœur, frère Lanoé, je veux bien livrer mon corps à n'importe qui. Mais tiens-moi la main, pendant que les vieux dorment, caresse-moi les cheveux, pendant que l'autre me prend. Aime-moi, Lanoé, mon frère, mon amour, ou noue-moi une corde autour du cou.

C'est égal

En haut, en bas, têtes bleues, des chardons.

Quelqu'un chante quelque chose.

C'est égal, cela n'est même pas beau, c'est une chanson triste, ancienne, ancienne.

– Et demain ? Tu te lèves, où vas-tu ?

– Nulle part. Ou, peut-être, tout de même j'irai quelque part.

C'est égal, de toute façon, on n'est bien nulle part.

Mais dormir est difficile, il y a les cloches qui sonnent, il y a les horloges.

– Étendez votre mouchoir, monsieur. J'aimerais m'agenouiller.

– Je vous en prie.

Ils étaient deux dans le tramway. L'un tirait la sonnette, l'autre faisait les trous.

Il n'y avait personne pour descendre au terminus.

Pourtant c'était là que s'arrêtent tous les tramways.

Il n'y avait personne non plus pour monter.

C'est égal.

Ils se mettent à genoux, ils échangent des paroles.

– Voulez-vous échanger des paroles avec moi ?

– J'ai cru que vous vouliez prier.

– C'est fait.

– Oh, c'est différent. On peut donc repartir. Je vous téléphonerai demain.

– Quelles sont les nouvelles ?

– Comment vont les enfants ?

– Je vous remercie. Pour l'instant, il n'y en a que deux de malades. Les plus grands vont dans les magasins, pour se réchauffer. Et chez vous ?

– Rien de spécial. Notre chien est devenu propre. Nous avons acheté des meubles à crédit. De temps en temps, il neige.

La boîte aux lettres

Ma boîte aux lettres, je vais la relever deux fois par jour. A 11 heures du matin et à 5 heures du soir. Le facteur passe en général plus tôt, le matin entre 9 et 11, il est très irrégulier, et l'après-midi vers 4 heures.

Je vais toujours la vérifier le plus tard possible, pour être sûr qu'il soit déjà passé, sans cela, la boîte vide me donnerait un faux espoir, je me dirais : « Il n'est peut-être pas encore venu », et je serais obligé de descendre une autre fois, plus tard.

Avez-vous déjà ouvert une boîte aux lettres vide ?

Certainement. Cela arrive à tout le monde. Mais vous, vous en fichez éperdument, cela vous est égal qu'elle soit vide ou qu'il y ait quelque chose, une lettre de votre belle-mère, une invitation à un vernissage, une carte de vos amis en vacances.

Moi, je n'ai pas de belle-mère, je ne peux pas en avoir, puisque je n'ai pas de femme.

Des parents, des frères et sœurs, je n'en ai pas non plus.

En tout cas, je ne peux pas le savoir.

Je suis né dans un orphelinat. Je ne suis pas né là, bien entendu, mais c'est là que j'ai pris conscience d'être au monde.

Au début, cela me semblait naturel, je croyais que la vie était ça, un tas d'enfants plus ou moins grands, plus ou moins méchants, et quelques adultes qui étaient là pour nous défendre des plus grands. Je ne savais pas qu'il y avait des enfants ailleurs, avec des parents, avec un père, une mère, des sœurs, des frères, une famille comme on appelle ça.

Plus tard, je les ai rencontrés, ces enfants d'un autre monde qui avaient des parents, des frères, des sœurs.

Alors, je me suis mis à m'imaginer des parents, j'en avais eu, forcément, les enfants ne naissent pas dans les choux, et aussi des frères et des sœurs, ou, modestement, un frère ou une sœur.

J'ai placé mon espoir dans ma boîte aux lettres.

J'attendais un miracle, une lettre dans le genre : « Jacques, enfin, je te retrouve. Je suis ton frère, François. »

J'aurais préféré, évidemment :

« Jacques, enfin, je te retrouve. Je suis ta sœur, Anne-Marie. »

Mais ni François ni Anne-Marie ne me retrouvaient.

Et moi, je ne les retrouvais pas non plus.

Je me contenterais aussi d'une lettre de ma mère ou de mon père. Je les imagine encore en vie, je suis assez jeune. S'ils m'écrivaient, l'un ou l'autre, par exemple ceci :

De ma mère :

« Cher Jacques, j'ai appris que tu avais une bonne situation. Je te félicite d'être arrivé là où tu es. Moi, comme à l'époque de ta naissance, je suis toujours dans la misère et la pauvreté. Mais je suis contente de savoir que tu es enfin à ton aise. Si je n'ai pas pu te garder et t'élever comme j'aurais voulu, c'est la faute de ton père qui m'avait abandonnée dans l'état où j'étais de toi, malgré le grand désir que j'avais de te serrer sur mon cœur pour toujours.

A présent, je suis vieille, et tu pourrais peut-être m'envoyer un peu d'argent, vu que je suis ta mère dans une grande misère à cause de mon âge, et que plus personne ne veut m'engager pour le travail. Ta mère qui t'aime et pense souvent à toi.»

De mon père :

«Cher fils. J'ai toujours souhaité avoir un fils, et je suis fier de toi, parce que tu as une belle situation. Je ne sais pas comment tu l'as construite, ta situation, moi, je n'ai réussi en rien, pourtant j'ai travaillé toute ma vie comme un forçat au bagne.

Quand ta mère m'a dit que tu étais dans son sein, je suis parti sur un bateau, j'ai vécu dans les ports et dans les bistrots, et j'étais malheureux à cause de la pensée que j'avais une femme et un enfant quelque part, mais je ne pouvais pas vous avoir à moi, à cause du peu d'argent que je gagnais et que je dépensais à boire pour noyer le mal que j'avais dans mon intérieur en pensant à vous deux. A présent, je suis affaibli par l'alcool et les malheurs, on ne veut plus m'engager sur les bateaux. Je fais ce que je peux dans les ports, mais c'est pas grand-chose, je suis vieux. Alors, si tu peux, vu ma situation, m'envoyer un peu d'argent, il sera toujours le bienvenu. Ton père affectueux pour toute la vie.»

C'est le genre de lettres que j'attendais, et avec quelle joie j'aurais accouru à leur aide, avec quel bonheur j'aurais répondu à leur appel.

Mais il n'y avait rien, rien de tel dans ma boîte aux lettres, rien, jusqu'à ce matin.

Ce matin, j'ai reçu une lettre. Elle venait d'un des plus grands entrepreneurs de la ville. Un nom très connu. J'ai pensé qu'il s'agissait d'une lettre officielle, d'une offre de travail. Je suis décorateur. Mais la lettre commençait ainsi :

«Mon fils,

Tu n'as été qu'une erreur de jeunesse dans ma vie.

Mais j'ai pris mes responsabilités. J'ai donné une belle situation à ta mère, elle aurait pu t'élever sans travailler, mais elle a simplement profité de mon argent, en te casant dans un orphelinat pour continuer à mener une vie désordonnée. (J'ai appris qu'elle est morte il y a une dizaine d'années.)

Moi, à cause de ma situation très en vue, je n'ai pas

pu m'occuper de toi directement, car j'avais déjà une famille légitime.

J'aimerais tout de même que tu saches que je ne t'ai jamais oublié et que, par des voies détournées, je me suis toujours occupé de toi. (Les frais de tes études, ta bourse pour les Beaux-Arts venaient de moi.)

Je dois reconnaître que, de ton côté, tu t'es bien débrouillé, et je t'en félicite. Tu as dû hériter cela de moi, car je suis parti de rien pareillement.

Malheureusement, je n'ai pas eu d'autre fils. Rien que des filles, et mes gendres sont des incapables.

A présent, je suis sur le déclin de ma vie, peu m'importent les convenances. J'ai décidé de te confier la direction de mes affaires, car je suis las et j'aspire au repos.

Je te prie donc de venir me trouver dans mon bureau, à l'adresse de l'en-tête, le 2 mai prochain, à 15 heures.

Ton père.»

Suivi de sa signature.

Voilà la lettre que j'ai reçue de mon père après trente ans d'attente.

Et il est sûr que je viendrai dans son bureau le 2 mai prochain, à 15 heures, comblé de joie.

Le 2 mai, c'est dans dix jours.

Ce soir, je suis assis dans un aéroport, j'attends un avion pour les Indes.

Pourquoi les Indes ?

Ça pourrait être n'importe où, pourvu que mon « père » ne puisse me retrouver.

Les faux numéros

Je ne sais pas ce qui se passe avec mon numéro de téléphone, ici. Il doit ressembler à beaucoup d'autres. Je ne m'en plains pas. Chaque appel est une distraction dans mon existence monotone. Depuis que je suis au chômage, je m'ennuie un peu parfois. Pas toujours, pas vraiment. Les journées passent étonnamment vite. Il m'arrive même de me demander comment on a pu mettre huit heures de travail dans une même journée qui est déjà si courte.

Par contre, les soirées sont longues et silencieuses. C'est pour cela que je suis content quand le téléphone sonne. Même si, le plus souvent, presque toujours, c'est une erreur, et que je ne suis qu'un faux numéro.

Les gens sont si distraits.

– Garage Lanthemman ?, on me demande.

– Non, merci, je dis embarrassé. (Il faudrait se défaire de cette manie de dire merci à tout propos.) Vous vous êtes trompé de numéro.

– C'est bête, dit l'homme au bout du fil, je suis en panne sur l'autoroute entre Serrières et Areuse.

– Je regrette, je lui dis, je ne peux pas vous dépanner.

– C'est le garage Lanthemman ou quoi ? – et il s'énerve.

– Excusez-moi de ne pas être le garage Lanthemman, mais si je puis vous être utile…

J'essaye toujours d'être aimable au téléphone, même quand cela ne sert à rien. On ne sait jamais. On se fait parfois des relations, des amis.

– Oui, vous pouvez m'être utile en m'apportant un bidon d'essence.

Il a de l'espoir dans la voix, il pense qu'il est tombé sur une bonne poire, ce qui est vrai.

– Je regrette, monsieur, je n'ai pas d'essence, j'ai juste un peu d'alcool à brûler.

– Alors, brûlez-le, abruti ! – et il raccroche.

Ils sont tous comme ça, les faux numéros. Du moment que vous n'avez pas sous la main ce qu'ils désirent, ils se désintéressent de vous. On aurait pu bavarder un peu.

Je me souviens du plus beau faux numéro que j'ai eu. J'ai laissé sonner le téléphone assez longtemps. J'étais dans une période très pessimiste. C'était une femme. A 10 heures du soir.

J'ai pris ma voix blasée, pleine d'angoisse derrière.

– Allô ?

– Marcel ?

– Oui ?, dis-je, circonspect.

– Oh ! Marcel, il y a une éternité que je te cherche.

– Moi aussi.

C'est vrai, je la cherche depuis toujours.

– Toi aussi ? Je le pensais bien. Tu te souviens, au bord du lac ?

– Non, je ne m'en souviens pas.

J'ai répondu ça parce que je suis foncièrement honnête, je n'aime pas tricher.

– Tu ne t'en souviens pas ? Étais-tu ivre ?

– C'est possible, je suis ivre assez souvent. Mais je ne m'appelle pas Marcel.

– Bien sûr, me rétorque-t-elle. Je ne m'appelle pas Florence non plus.

Bon, c'est déjà une chose, je sais comment elle ne s'appelle pas. Je suis prêt à raccrocher, mais elle dit brusquement :

– C'est vrai, vous n'êtes pas Marcel. Mais vous avez une belle voix.

Du coup, je me tais. Mais elle continue :

– Une voix très agréable, profonde, douce. J'aimerais bien vous voir, vous connaître.

Je me tais toujours.

– Vous êtes là ? Pourquoi vous ne parlez plus ? Je sais bien que je me suis trompée de numéro, vous n'êtes pas Marcel, je veux dire, vous n'êtes pas celui qui m'avait dit qu'il s'appelait Marcel.

Un silence encore. Surtout de ma part.

– Vous êtes là ? Comment vous appelez-vous ? Moi, je m'appelle Garance.

– Pas Florence ?, je lui demande.

– Non, Garance. Et vous ?

– Moi ? Lucien. (Ce n'est pas vrai, mais Garance non plus, je crois.)

– Lucien? C'est un beau nom. Dites, si on se rencontrait?

Je ne dis rien. La sueur coule de mon front dans mes yeux.

– Cela pourrait être amusant, dit Garance, vous ne trouvez pas?

– Je ne sais pas.

– J'espère que vous n'êtes pas marié?

– Non, marié, non. (Moi marié, quelle idée!)

– Alors?

– Oui, je réponds.

– Oui, quoi?

– On pourrait se rencontrer, si vous voulez.

Elle rit:

– Vous êtes un timide, je crois. J'aime bien les timides. (Ça doit la changer de Marcel.) Écoutez, je vous propose quelque chose. Je serai demain après-midi entre 4 et 5 heures au Café du Théâtre. Demain, c'est samedi, vous ne travaillez pas, je suppose.

Elle suppose juste. Je ne travaille pas le samedi, ni les autres jours non plus.

– Je mettrai... – elle continue – voyons, une jupe

écossaise avec un chemisier gris et un gilet noir. Vous me reconnaîtrez facilement. Je suis brune, avec des cheveux mi-longs. Attendez. (Je ne fais que ça.) J'aurai un livre à couverture rouge devant moi, sur la table. Et vous ?

— Moi ?

— Oui, comment pourrai-je vous reconnaître ? Êtes-vous grand, petit, maigre ou gros ?

— Moi ? C'est comme vous préférez. Plutôt de taille moyenne, ni gros ni maigre.

— Avez-vous des moustaches, une barbe ?

— Non, rien. Je me rase bêtement tous les matins. (Tous les trois ou quatre matins, ça dépend.)

— Vous portez des jeans ?

— Évidemment. (Cela n'est pas vrai, mais elle doit aimer ça.)

— Et un gros pull noir, je pense.

— Oui, noir, le plus souvent, je réponds pour lui faire plaisir.

— Bon, dit-elle, les cheveux courts ?

— Oui, des cheveux courts, mais pas très.

— Êtes-vous blond ou brun ?

Elle m'agace. Je suis brun-gris sale, mais je ne peux pas avouer ça.

— Châtain, je lui lance.

Et si ça ne lui plaît pas, c'est le même prix. A tout bien considérer, j'aimais mieux le gars en panne.

— C'est plutôt vague, dit-elle, mais je vous reconnaîtrai. Si vous mettiez un journal sous votre bras ?

— Quel journal ? (Elle exagère. Je ne lis jamais les journaux.)

— Disons *Le Nouvel Observateur*.

— Oui, je peux prendre *Le Nouvel Observateur*. (Je ne sais pas ce que c'est, mais je le trouverai.)

— Alors, à demain, Lucien, dit-elle — et elle ajoute avant de raccrocher : Je trouve cela passionnant.

Passionnant ! Il y a des gens qui disent des mots comme ça avec facilité. Moi, je ne pourrais jamais parler de la sorte. Il y a un tas de mots que je suis incapable de dire. Par exemple : «passionnant», «exaltant», «poétique», «âme», «souffrance», «solitude», etc. Tout simplement, je n'arrive pas à les prononcer. J'en ai honte, comme si c'étaient des mots

61

obscènes, des gros mots, comme «merde», «salope-
rie», «dégueulasse», «putain».

Le lendemain matin, je m'achète des jeans, et un
gros pull-over noir. Le vendeur me dit que ça me va
très bien, mais je n'ai pas tellement l'habitude. Je vais
aussi chez le coiffeur. Il me propose un shampooing
colorant. Je me laisse faire, châtain foncé, tant pis,
si ça rate je n'irai pas. Mais ça ne rate pas. J'ai des
cheveux d'un beau châtain, sauf que je n'en ai pas
l'habitude.

Je rentre, je me regarde dans le miroir. Les heures
passent, je me regarde toujours dans le miroir. Et
l'autre, l'inconnu, me regarde aussi. Il ne me plaît pas.
Il est mieux que moi, plus beau, plus jeune, mais il
n'est pas moi. Moi, j'étais moins bien, moins beau,
moins jeune, mais j'en avais l'habitude.

4 heures moins dix. Je dois y aller. Alors, je me
change vite, je remets mon complet de velours brun,
usé, je n'achète pas le journal *Ancien Observateur*, et
j'arrive au Café du Théâtre à 4 heures et quart.

Je m'assieds, je regarde.

Le garçon arrive, je lui demande un verre de rouge.

Je regarde. Je vois quatre hommes qui jouent aux

cartes, un couple qui s'ennuie le regard dans le vide, et, à une autre table, une femme seule avec une jupe plissée dans les tons gris, un chemisier gris clair, un gilet noir. Elle porte aussi un long collier composé de trois chaînes en argent. (Elle ne m'a pas parlé du collier.) Devant elle, une tasse de café ainsi qu'un livre à couverture rouge.

Il m'est impossible d'évaluer son âge, à cause de la distance, mais je devine cependant qu'elle est belle, très belle, trop belle pour moi.

Je vois aussi qu'elle a de beaux yeux tristes, avec, au fond, une sorte de solitude, et j'ai envie d'aller à sa rencontre, mais je ne peux m'y résoudre, puisque j'ai mis mes vieux habits en velours usé. Je me rends aux toilettes, jette un œil dans le miroir, et mes cheveux châtains me font honte. J'ai honte aussi de cet élan qui me poussait vers elle, vers « ses beaux yeux tristes, avec, au fond, une sorte de solitude », qui n'était qu'un caprice stupide de mon imagination.

Je reviens dans la salle, je m'assieds à une table toute proche pour l'observer.

Elle ne me regarde pas. Elle attend un jeune homme en jean et gros pull noir avec un journal sous le bras.

Elle regarde l'heure à l'horloge du café.

Je ne peux pas m'empêcher de la fixer, ce qui l'agace, me semble-t-il, car elle appelle le garçon et règle son café.

A ce moment la porte s'ouvre ou plutôt les deux battants de la porte sont repoussés comme dans un western, et un jeune homme, plus jeune que moi, entre et s'arrête devant la table de Florence-Garance. Il est en jeans et en pull noir, je suis presque étonné qu'il ne porte pas un colt et des éperons. Il a aussi des cheveux noirs jusqu'aux épaules, une belle barbe de la même teinte. Il parcourt des yeux l'assistance, y compris moi, et j'entends nettement ce qu'ils se disent.

Elle dit :

– Marcel !

Il répond :

– Pourquoi ne m'as-tu pas appelé ?

– Écoute, il y avait un chiffre que j'ai dû mal comprendre.

– Tu attends quelqu'un ?

– Non, personne.

Pourtant j'existe, je suis là, elle m'attendait, mais

heureusement je suis le seul à le savoir, et il n'y a aucun risque que j'aille le leur raconter.

Surtout que Marcel dit :

– Alors, on s'en va ?

– Oui.

Elle se lève, et ils s'en vont.

La campagne

Cela devenait insupportable.

Sous ses fenêtres qui donnaient sur une petite place naguère charmante, le vacarme des voitures, des moteurs ronflants ne s'arrêtait jamais.

Même la nuit. Impossible de dormir avec les fenêtres ouvertes.

Non, ce n'était vraiment plus tolérable.

Les enfants risquaient d'être écrasés en sortant de la maison. Plus une minute de paix.

Par miracle, on lui proposa cette petite ferme isolée, abandonnée par son propriétaire, et qui ne coûtait qu'une bouchée de pain. Il fallait évidemment faire quelques réparations. Le toit, la peinture. Installer aussi une salle de bains. Mais même avec ça, il s'en sortait très bien.

Et, au moins, il était chez lui.

Il achetait le lait, les œufs, les légumes chez un fermier voisin pour la moitié du prix de ces denrées en ville dans les grands magasins. Et des produits purs, naturels.

Le seul ennui, c'était les trajets en voiture – vingt kilomètres – quatre fois par jour. Mais, bah, vingt kilomètres ! Une question de quart d'heure.

(Sauf quand il y avait des embouteillages, des accidents, une panne, un contrôle de police, du brouillard, du verglas, ou trop de neige.)

L'école aussi était un peu loin, mais une demi-heure de marche fait beaucoup de bien aux enfants.

(Sauf quand il pleut, quand il neige, quand il fait trop froid ou trop chaud.)

Mais, au fond, c'était le paradis.

Et il riait bien quand, en arrivant en ville, il garait sa voiture sur la petite place, souvent même sous ses propres fenêtres de naguère. En respirant le gaz des tuyaux d'échappement, il songeait avec satisfaction qu'il avait épargné tout cela à sa famille.

Puis, il y eut ce projet d'autoroute.

En consultant les plans affichés à l'hôtel de ville, il constata que la future route à six voies passerait au milieu de sa ferme, ou pas loin de là. Il en fut profondément ébranlé, mais, l'instant d'après, il eut comme une illumination : si l'autoroute passait à travers sa ferme ou son jardin, il serait indemnisé. Et avec l'indemnité il pourrait s'acheter une autre ferme, ailleurs.

Pour en avoir le cœur net, il demanda une entrevue au responsable.

Celui-ci le reçut cordialement. Après l'avoir poliment écouté, il lui expliqua qu'il avait fait erreur en lisant les plans, car l'autoroute en question passerait au moins à cent cinquante mètres de distance de sa ferme. Donc, il ne pouvait être question d'une indemnité.

L'autoroute fut construite – magnifique ouvrage – et il y avait effectivement cent cinquante mètres de distance entre celle-ci et la ferme.

D'ailleurs, le bruit, on l'entendait à peine, une sorte de bourdonnement continu auquel on s'habituait très vite. Et le propriétaire de la ferme se consola en se disant qu'avec cette autoroute il arriverait plus rapidement à son lieu de travail.

Mais, par prudence, il renonça à acheter le lait à la ferme voisine, car les vaches du fermier broutaient à présent à la lisière de la grande route, où l'herbe, comme chacun le sait, contient beaucoup de plomb.

Six mois plus tard, on installa des réservoirs à gaz à cinquante mètres de sa ferme.

Deux ans plus tard, une usine d'incinération d'ordures ménagères, à quatre-vingts mètres. De lourds camions arrivaient du matin au soir, et la cheminée de l'usine fumait sans discontinuer.

Par contre, en ville, sur la petite place, la circulation et le stationnement furent interdits. On y avait créé un petit square avec des parterres de fleurs, des buissons, des bancs pour s'asseoir, et une aire réservée aux enfants.

Les rues

Dès l'enfance il aimait se promener dans les rues.

Dans les rues de cette petite ville sans avenir.

Il habitait au centre, dans une maison étroite à un seul étage. Au rez-de-chaussée se trouvait le magasin de ses parents, un bazar rempli de choses bizarres, plus ou moins anciennes.

A l'étage, les fenêtres de l'appartement exigu donnaient sur la place principale de la ville, une place qui était déserte dès 9 heures du soir.

Après la classe, il ne rentrait pas tout de suite, il allait se promener.

Il regardait longuement certaines façades, s'asseyait sur un banc, ou sur un muret.

Comme il était bon élève, ses parents ne s'en inquiétaient pas. Il était toujours exact aux repas, et le soir il jouait sur le vieux piano désaccordé de sa chambre. C'était un objet que ses parents n'avaient jamais réussi à vendre, car trop peu de gens dans la ville pouvaient s'offrir un piano, et ceux qui le pouvaient s'achetaient un piano neuf.

Lui, il jouait sur le vieux piano tous les soirs.

Le reste du temps, il se promenait dans la ville, une très petite ville mais chaque jour il pouvait y découvrir une rue qu'il n'avait encore jamais vue ou plutôt jamais bien regardée.

Au début, il se contentait du vieux quartier, près de sa demeure. Les maisons anciennes, le château, les églises, les rues tortueuses lui suffisaient.

Vers l'âge de douze ans, il s'aventura de plus en plus loin.

Il s'arrêtait dans une rue à l'apparence villageoise, frappé par ses maisons enfoncées dans la terre, par les fenêtres au ras du sol.

C'était l'ambiance des rues qui l'attirait.

Une rue anodine pouvait retenir son attention pendant des mois. Il y retournait en automne, voulait la revoir sous la neige, voulait deviner comment les maisons étaient aménagées à l'intérieur. Il profitait des rideaux non tirés, des volets mal clos. Il devenait un voyeur. Un voyeur des maisons. Les gens qui y vivaient ne l'intéressaient pas. Seulement les maisons et les rues.

Les rues !

Il voulait les voir le matin sous le soleil, les revoir l'après-midi dans l'ombre, les revoir quand il pleuvait, et encore quand il y avait du brouillard, ou un clair de lune.

Parfois, il pensait avec tristesse qu'il ne lui suffirait pas d'une seule vie pour connaître toutes les rues de sa ville sous les aspects qu'elles pouvaient prendre. Alors il marchait jusqu'à l'épuisement, et il avait l'impression de ne jamais pouvoir s'arrêter.

Or, un jour, il dut partir, quitter cette ville pour aller faire des études de musique dans la capitale. Il troqua son vieux piano contre un violon. Ses professeurs le prétendaient très doué.

Il fit trois ans d'études dans la Grande Ville.

Trois ans de cauchemars.

Des rêves, des rêves, chaque nuit.

Des rues, des maisons, des portes, des murs, des pavés, une douleur aiguë, le réveil en nage au milieu de la nuit, l'accord du violon, la peur de déranger les gens de la maison, l'attente des heures où il pourrait enfin jouer.

Le jour où il a présenté sa composition devant son professeur, devant les élèves, il a fermé les yeux. Dans son violon défilaient les rues de sa ville avec des arrêts devant une maison admirable, devant la beauté d'une rue vide, inoubliable.

Le crescendo de la solitude au souvenir de ces rues abandonnées, trahies.

La nostalgie, l'admiration sans bornes pour ces rues aimées, un sentiment immense de culpabilité, un amour parvenu au sommet de la passion. Un amour buté, terre à terre, collé à la terre de cette ville, un amour sensuel, physique, presque obscène déferlait sur la salle de musique.

La révolte d'un corps qui ne peut se reposer ailleurs, la révolte des pieds qui ne peuvent marcher ailleurs, le refus des yeux qui ne veulent voir rien d'autre. Une âme enchaînée aux murs de cette ville unique, les yeux accrochés aux façades des maisons de cette ville unique.

Il le savait : jamais il ne guérirait de cet amour insensé, contre nature, jamais !

— Taisez-vous !, criait le professeur.

Il a levé les yeux, troublés par les larmes. Il ne savait pas ce qui se passait dans la salle. Cela lui importait peu. Il a baissé son archet.

— Qu'avez-vous à rire ?, demanda son professeur.

— Excusez-nous, Maître, dit un élève très doué, mais c'est d'un tel « mélo ».

Les autres élèves, enfin délivrés du cauchemar, riaient librement.

Le professeur l'a entraîné dans une autre salle.

— Jouez !, dit-il.

— Je ne peux pas. Pourquoi ont-ils ri ?

— Par gêne. Ils ne pouvaient pas supporter votre musique... votre douleur. Êtes-vous amoureux ?

— Je ne comprends pas.

— Les sentiments ne sont guère appréciés en art en ce moment. La mode est à la sécheresse quasi scientifique. Le romantisme, enfin, je ne sais pas, tout est démodé, tout fait rire. Même l'amour. A votre âge, c'est pourtant important, normal. Il est évident que vous êtes amoureux d'une femme.

D'étonnement, il s'est mis à rire longuement.

– Vous avez besoin de repos, dit le professeur. Vous êtes un grand musicien, et, désormais, vous pouvez travailler seul. Vous pouvez rentrer chez vous. Je n'ai plus rien à vous apprendre. Vous devez trouver votre propre voie. Mais, d'abord, reposez-vous.

Il est rentré chez lui. Pour se reposer d'une longue absence.

Il a mis au repos son violon aussi. Il jouait parfois sur son vieux piano désaccordé. Il donnait des leçons de musique pour vivre. Cela lui convenait très bien. Il allait d'un élève à l'autre, d'une maison à l'autre, d'une rue à l'autre.

Ses parents étaient morts. Le père d'abord, puis la mère. Il ne savait plus très bien quand.

Il marchait dans les rues.

Parfois, il s'asseyait sur un banc avec un journal. Mais il ne lisait pas. Ce qui se passait dans le monde ne l'intéressait pas. Ce qui se passait dans sa ville ne l'intéressait pas non plus.

Il était simplement assis là, il était heureux.

Pour lui, le bonheur se résumait à peu de chose : se promener dans les rues, marcher dans les rues, s'asseoir quand il était fatigué.

Même dans ses rêves, il marchait dans les rues, et là, il était vraiment heureux, car il pouvait parcourir toutes les rues sans se fatiguer, avec une force inépuisable.

Un soir, il se sentit très vieux, et il pensa avec effroi qu'il n'aurait jamais suffisamment de temps pour revoir encore une fois telle maison, telle rue. Et il pensait avec tristesse qu'il serait obligé de revenir après sa mort, pour marcher encore et encore dans les rues.

Or, cela l'ennuyait beaucoup, car il supposait que les enfants auraient peur de lui, et en aucun cas il ne désirait faire peur aux enfants de sa ville.

Il mourut, et, comme il l'avait prévu, il fut obligé de revenir de longues années – pour l'éternité – et de hanter les rues qu'il n'avait, pensait-il, pas encore assez aimées.

En ce qui concernait les enfants, il s'était fait du souci pour rien, car, à leurs yeux, il n'était qu'un vieillard parmi d'autres, et cela leur était parfaitement égal qu'il soit mort ou vivant.

La grande roue

Il y a quelqu'un que je n'ai encore jamais eu envie de tuer.

C'est toi.

Tu peux marcher dans les rues, tu peux boire et marcher dans les rues, je ne te tuerai pas.

N'aie pas peur. La ville est sans danger. Le seul danger dans la ville, c'est moi.

Je marche, je marche dans les rues, je tue.

Mais toi, tu n'as rien à craindre.

Si je te suis, c'est parce que j'aime le rythme de tes pas. Tu titubes. C'est beau. On pourrait dire que tu boites. Et que tu es bossu. Tu ne l'es pas vraiment. De temps en temps tu te redresses, et tu marches droit.

Mais moi, je t'aime dans les heures avancées de la nuit, quand tu es faible, quand tu trébuches, quand tu te voûtes.

Je te suis, tu trembles. De froid ou de peur. Il fait chaud pourtant.

Jamais, presque jamais, peut-être jamais il n'avait fait si chaud dans notre ville.

Et de quoi pourrais-tu avoir peur ?

De moi ?

Je ne suis pas ton ennemi. Je t'aime.

Et personne d'autre ne pourrait te faire du mal.

N'aie pas peur. Je suis là. Je te protège.

Pourtant, je souffre aussi.

Mes larmes – grosses gouttes de pluie – me coulent sur le visage. La nuit me voile. La lune m'éclaire. Les nuages me cachent. Le vent me déchire. J'ai une sorte de tendresse pour toi. Cela m'arrive parfois. Très rarement.

Pourquoi pour toi ? Je n'en sais rien.

Je veux te suivre très loin, partout, longtemps.

Je veux te voir souffrir encore plus.

Je veux que tu en aies assez de tout le reste.

Je veux que tu viennes me supplier de te prendre.

Je veux que tu me désires. Que tu aies envie de moi, que tu m'aimes, que tu m'appelles.

Alors, je te prendrai dans mes bras, je te serrerai sur mon cœur, tu seras mon enfant, mon amant, mon amour.

Je t'emporterai.

Tu avais peur de naître, et maintenant tu as peur de mourir.

Tu as peur de tout.

Il ne faut pas avoir peur.

Il y a simplement une grande roue qui tourne. Elle s'appelle Éternité.

C'est moi qui fais tourner la grande roue.

Tu ne dois pas avoir peur de moi.

Ni de la grande roue.

La seule chose qui puisse faire peur, qui puisse faire mal, c'est la vie, et tu la connais déjà.

Le cambrioleur

Fermez bien vos portes. J'arrive sans bruit, avec des mains gantées de noir.

Je ne suis pas de l'espèce brutale. Ni de l'espèce vorace et stupide.

Sur mes tempes et mes poignets, vous pourriez admirer le dessin délicat des veines, si l'occasion vous en était donnée.

Mais je n'entre dans vos chambres que lorsqu'il est tard, quand le dernier des invités est parti, quand vos lustres hideux se sont éteints, quand tout le monde dort.

Fermez bien vos portes. J'arrive sans bruit, avec des mains gantées de noir.

Je ne viens que pour quelques instants, mais tous les soirs sans relâche et dans toutes les maisons sans exception.

Je ne suis pas de l'espèce brutale. Ni de l'espèce vorace et stupide.

Le matin, quand vous vous réveillerez, comptez votre argent, vos bijoux, rien ne manquera.

Rien qu'un jour de votre vie.

La mère

Son fils est parti de la maison très tôt, à dix-huit ans. Quelques mois après la mort du père.

Elle continuait de vivre dans l'appartement de deux pièces, elle était en très bons termes avec ses voisins. Elle faisait des ménages, raccommodages, repassages.

Un jour, son fils frappa à la porte. Il n'était pas seul. Il était avec une jeune fille, assez jolie.

Elle leur avait ouvert les bras.

Il y avait quatre ans qu'elle n'avait pas revu son fils.

Après le repas du soir, son fils a dit :

– Maman, si tu veux bien, on restera ici tous les deux.

Son cœur a bondi de joie. Elle leur a préparé la chambre la plus grande, la plus belle. Mais ils sont sortis vers 10 heures.

«Ils sont sûrement allés au cinéma», se dit-elle, et elle s'endormit, heureuse dans la petite chambre derrière la cuisine.

Elle n'était plus seule. Son fils vivait de nouveau auprès d'elle.

Le matin, elle partait tôt pour faire les ménages et les menus travaux qu'elle ne souhaitait pas abandonner à cause de la nouvelle tournure de sa situation.

A midi, elle leur faisait de bons repas. Son fils apportait toujours quelque chose. Des fleurs, un dessert, du vin, et parfois du champagne.

Le va-et-vient des inconnus qu'elle croisait de temps en temps dans le corridor ne la dérangeait pas.

– Entrez, entrez, disait-elle, les jeunes sont dans la chambre.

Parfois, quand son fils était absent, et qu'elles prenaient leur repas entre femmes, ses yeux rencontraient les yeux tristes et battus de la fille qui habitait chez elle. Alors, elle baissait les siens, et marmonnait, en tripotant une boule de mie de pain :

– C'est un bon garçon. Un gentil garçon.

La fille pliait sa serviette – elle avait de l'éducation – et sortait de la cuisine.

L'invitation

Vendredi soir, le mari rentre du bureau l'humeur gaie.

— Demain, c'est ton anniversaire, chérie. On va faire une fête, on invite des copains. Ton petit cadeau, je te l'offrirai à la fin du mois, je suis un peu serré en ce moment. Qu'est-ce qui te ferait plaisir? Une belle montre-bracelet?

— J'ai déjà une montre, chéri. J'en suis très contente.

— Une robe alors? Un petit ensemble genre «haute couture»?

— «Genre» haute couture! J'ai besoin de pantalons et d'une paire de sandales, c'est tout.

— Comme tu voudras. Je te donnerai l'argent et tu

choisiras ce qui te plaît. Mais seulement à la fin du mois. Par contre, la fête, on peut la faire demain, avec un tas de copains.

— Tu sais, dit sa femme, ces fêtes avec un tas de copains, c'est plutôt fatigant pour moi. Je préférerais aller dîner dans un bon restaurant.

— Les restaurants, c'est le coup de fusil, et ce n'est pas sûr que ça sera bon. J'aimerais mieux t'offrir un bon dîner chez nous. Je m'occuperai de tout, des courses, du menu, des invitations. Toi, tu iras chez le coiffeur, tu te feras belle, et tout sera prêt à l'heure. Tu n'auras qu'à t'asseoir à table. Je ferai même le service, ça me fera plaisir, pour une fois.

Et monsieur se met à organiser la fête. Il adore ça. Samedi après-midi, il a congé. Il fait les courses. Vers 5 heures, il rentre, chargé, rayonnant.

— Ça va être formidable, dit-il à sa femme. Tu ferais bien de mettre la table, on gagnerait du temps.

Coiffée de frais, habillée d'une petite robe noire d'il y a une vingtaine d'années, elle prépare la table, parvient à la décorer très joliment.

Son mari surgit :

— Tu aurais dû mettre les flûtes à champagne. Je

vais changer ça. En attendant, va faire du feu dans la cheminée, c'est là que je vais griller les côtelettes, une merveille ! Et si tu pouvais venir après pour éplucher les pommes de terre et faire la sauce de salade. Beuh, les salades sont pleines de petites bêtes, des limaces minuscules, ça me dégoûte ! Veux-tu bien les laver ? Tu en as l'habitude, toi.

Et, plus tard, installé devant la cheminée :

— Il y aura assez de braises. Pourrais-tu m'apporter un verre de gin avec du... Au fait, avons-nous du citron pour le gin ? Non, moi je n'en ai pas acheté, j'ai cru qu'il y en avait. Tu aurais pu tout de même penser aux apéritifs, moi, je ne peux pas tout faire. Je crois que « Chez Marco », c'est encore ouvert. Prends aussi des amandes et des noisettes. Et des olives !

Un quart d'heure après.

— J'étais sûr que ce serait ouvert. Tu n'as pas encore mis les pommes de terre à cuire ? Moi, je dois surveiller la viande. Oh !, j'allais oublier une chose... J'ai acheté des crevettes pour l'entrée. Fais vite une petite sauce à la crème et au ketchup. Il n'y a pas de ketchup ? Mais il n'y a jamais rien dans cette maison ! Va vite en emprunter à Machin.

Madame va chercher du ketchup chez Machin, un étage plus haut. Machin prête volontiers sa bouteille de ketchup, mais, en prime, il tient absolument à ce qu'on écoute l'évocation de ses misères de la journée, celles de sa vie en général.

En bas, la sonnette retentit, les invités arrivent, madame doit redescendre.

Les copains sont assis autour de la cheminée.

Le mari crie :

– Alors, ces apéritifs, Madeleine ?

Les côtelettes sont enfin cuites. Un peu trop. Mais l'ambiance est bonne. On boit beaucoup. On rit. On rappelle un peu trop souvent l'âge de Madeleine, mais c'est son anniversaire, après tout. Les copains vantent aussi les mérites de l'homme qui a tout fait, tout organisé.

– Un mari en or.

– Vous en avez de la chance. Après quinze ans de mariage.

– Mon vieux ! Il faut le faire !

Vers 3 heures du matin, tout à coup, c'est le silence.

Les copains sont partis, le mari ronfle sur le canapé du salon, épuisé, le pauvre.

89

Madeleine vide les cendriers, ramasse les bouteilles vides, les verres sales, les morceaux de verre brisé, débarrasse la table.

Avant de se mettre à faire la vaisselle, elle va à la salle de bains, et elle se regarde longuement dans le miroir.

La vengeance

Il s'est tourné à droite, à gauche, il ne voit rien.

Il a peur. Il a même pleuré, peut-être, il n'en est pas certain car la pluie frappait son visage.

En haut, le ciel gris ; en bas, la boue, c'est ce qui lui était le plus proche.

Il dit :

– Pourquoi as-tu disparu ? Tes mains de verre sont transparentes comme l'eau limpide des ruisseaux des montagnes. Dans tes yeux, le silence est écrit, et sur ton visage le dégoût.

Le lendemain, il dit :

– Ton visage est noir, plaisir au rire aigu, cependant

j'aimerais atteindre la montagne blanche, celle que les voyageurs cherchent, en se penchant aux fenêtres des trains sans rails, sans espoir. Des voyageurs sans but, qui, le moment venu, se pendent aux sonnettes d'alarme. Ils se balancent là, en compagnie de mon père, et, parmi les roues, nos enfants jamais nés pleurent et crient, un million d'étoiles vers eux montrent le chemin.

Le troisième jour, il dit :

– Ceux qui étaient battus ont encaissé les coups sans les rendre. Mais ils sont devenus méchants. Ils ont traversé le fleuve quand le soir est venu, pour attendre l'heure des comptes derrière les barrages.

Même les innocents furent abattus.

Le dernier jour, il dit :

– Ne me demande pas – les cheveux dans le vent – ne me demande pas qui a commencé, ne me demande pas qui a fini. Tout ce que je sais, c'est qu'il y a eu un premier coup.

– Je te vengerai.

Il s'est couché à côté de ce qui fut un corps de femme, il a caressé les cheveux mouillés, ou peut-être n'était-ce que de l'herbe.

Alors cent hommes apparurent à découvert sur le champ labouré par les tirs, et dirent :

— Quand finirons-nous de pleurer et de venger nos morts ? Quand finirons-nous de tuer et de pleurer ? Nous sommes les survivants, les lâches, incapables de nous battre, incapables de tuer. Nous voulons oublier, nous voulons vivre.

L'homme dans la boue a bougé, levé son arme, et les a abattus jusqu'au dernier.

D'une ville

Elle était petite et silencieuse, avec des maisons basses et des rues étroites, sans aucune beauté particulière.

Je ne sais pas pourquoi j'en parle tant, mais, si je me taisais, m'étoufferait l'ombre des montagnes qui l'entourent, hautes et sombres.

Là, le ciel parfois, au crépuscule, prenait des teintes tellement extraordinaires que les gens sortaient de leurs maisons pour essayer de donner un nom aux couleurs. Celles-ci se mélangeaient d'une façon si curieuse qu'aucun nom ne leur convenait.

J'ai déjà souvent parlé de cela, et de la maison

aussi, de notre maison, mais j'ai oublié les arbres du jardin.

Sur un des pommiers, dès le début de l'été, nous trouvions des fruits qui, sans être mûrs, étaient doux comme le miel. Quelle saveur avaient-elles à leur maturité, ces pommes, je n'ai jamais pu le savoir, car nous les mangions toujours à l'avance.

Cela me prive d'un souvenir, mais comment le prévoir quand on n'est qu'un enfant?

Il est tard. Là-bas, les nuits étaient immobiles, les rideaux ne frémissaient même pas devant les fenêtres, le silence tambourinait dans la rue, nous avions peur, car il y avait toujours un homme noir et méchant qui se cachait dans les montagnes, marchait vers la ville, et frappait aux portes fermées à double tour.

Avant que le soleil se lève, je dois parler de tout.

De la rivière, du puits avec sa roue sombre, de l'été gai et rassurant, du soleil sur notre visage à 5 heures du matin, du jardin de l'église.

L'automne, chaque année, nous surprenait dans ce jardin avec une poignée de feuilles rouges qui tombaient tout à coup des arbres, quand on se croyait encore au milieu des beaux jours.

C'était étonnant, elles tombaient, elles tombaient, formant par terre une couche de plus en plus épaisse, on marchait dedans, nu-pieds, il faisait encore chaud, on riait, on recommençait à avoir peur.

Le Produit

Monsieur B. ne rentrait jamais de bonne heure le soir. Assez tôt cependant pour assister aux repas en famille. Il exigeait d'ailleurs que tout le monde l'attende, car monsieur B. aimait beaucoup sa famille, surtout ses enfants. Ces derniers avaient tendance à somnoler pendant les repas tardifs, ils mangeaient peu, étaient énervés ou pleurnichaient.

Quand monsieur B. se sentait fatigué, il priait sa femme de les mettre au lit au plus vite. Alors, il allumait la télévision et s'endormait dans son fauteuil en ronflant légèrement. Par contre, les jours où ça allait mieux, il proposait à ses enfants une partie de cartes ou de dominos, un jeu de société.

Sa femme, en général, déclinait l'offre généreuse de son mari, et lisait dans un coin retiré de la pièce qu'on appelait salle de séjour.

Monsieur B. était depuis longtemps résigné à propos de sa femme. Aussi ne faisait-il aucune remarque sur son absence à ces jeux éducatifs qui fortifiaient pourtant les liens familiaux. Elle n'avait pas le sens de la famille, ni celui de l'éducation. Mais elle était tout de même la mère de ses enfants et, pour cette raison, monsieur B. passait sur les défauts de sa femme, non sans en garder un peu d'amertume.

Monsieur B. rentrait maintenant de plus en plus tard. C'est que le Produit se vendait mal, et monsieur B. était chef de vente. Celui qui n'a jamais été chef de vente ne peut absolument pas imaginer la responsabilité que porte sur ses épaules un chef de vente. Il fallait que le Produit se vende, coûte que coûte.

Salarié consciencieux, monsieur B. faisait tout pour vendre le Produit, mais cette lutte quotidienne dévorait les moments qu'il aurait préféré consacrer à sa famille.

Il rentrait longtemps après le repas familial du soir. Les enfants étaient déjà au lit, sa femme lisait dans un coin de la salle de séjour, sans lever les yeux. Monsieur B. mangeait les restes – réchauffés par lui-même – et gagnait le premier étage, sa chambre à coucher, exténué.

Et le Produit se vendait de plus en plus mal, en dépit des efforts surhumains de monsieur B.

Une nuit, il fut réveillé par quelque chose d'oppressant. Il avait envie de parler à sa femme. Mais la chambre de sa femme était vide. Les placards aussi. Les tiroirs également. Surpris, il entra dans la chambre des enfants : personne, là non plus.

– Cela doit être les vacances scolaires, pensa-t-il, j'ai dû l'oublier. Je ne peux pas penser à tout.

Le lendemain, au bureau, on lui signifiait son congé.

Un congé définitif. Il vendait mal le Produit. Un autre chef de vente venait d'être engagé.

Monsieur B. rentra chez lui, attendit la fin des vacances. Il regardait par la fenêtre les nuages qui passaient. La poussière envahissait tout, la vaisselle sale s'accumulait dans l'évier. Monsieur B. attendait, se demandant pourquoi les vacances scolaires étaient si longues.

Je pense

A présent, il me reste peu d'espoir. Avant, je cherchais, je me déplaçais tout le temps. J'attendais quelque chose. Quoi ? Je n'en savais rien. Mais je pensais que la vie ne pouvait être que ça, autant dire rien, la vie devait être quelque chose, et j'attendais que ce quelque chose arrive, je le cherchais même.

Je pense maintenant qu'il n'y a rien à attendre, alors je reste dans ma chambre, assis sur une chaise, je ne fais rien.

Je pense qu'au-dehors il y a une vie, mais dans cette vie il ne se passe rien. Rien pour moi.

Pour les autres, peut-être, il se passe des choses, c'est possible, cela ne m'intéresse plus.

Je suis là, assis sur une chaise, chez moi. Je rêvasse un peu, pas vraiment. A quoi pourrais-je rêver ? Je suis assis là, simplement. Je ne peux pas dire que je suis bien, ce n'est pas pour ça que je reste là, pas pour mon bien-être, au contraire.

Je pense que je ne fais rien de bien à rester là, et je sais aussi que je devrai me lever forcément une fois, plus tard.

J'ai même un vague malaise à rester là assis, sans rien faire depuis des heures ou des jours, je ne sais pas. Mais je ne trouve aucune raison de me lever et de faire quelque chose. Simplement, je ne vois pas, mais pas du tout, ce que je pourrais faire.

Je pourrais évidemment mettre un peu d'ordre, faire du nettoyage, ça, oui.

C'est plutôt sale chez moi, et négligé. Je devrais au moins me lever pour ouvrir la fenêtre, ça sent la fumée, le pourri, le renfermé, ici.

Mais tout cela ne me gêne pas outre mesure. Un peu, mais pas assez pour que je me lève. Je suis habitué à ces odeurs, je ne les sens pas, je pense seulement que si par hasard quelqu'un entrait... Mais « quelqu'un » n'existe pas. Personne n'entre.

Pour faire tout de même quelque chose, je me mets à lire le journal qui est sur la table depuis... depuis un certain temps, quand je l'ai acheté...

Je ne prends pas la peine de saisir le journal, bien entendu. Je le laisse là, sur la table, je le lis de loin, mais ça n'entre pas dans ma tête ou dans mes yeux, je n'y vois que des mouches noires mortes, alors j'arrête de faire des efforts.

De toute façon, je sais que sur l'autre page du journal il y a un jeune homme, pas trop jeune, comme moi exactement, qui lit le même journal dans une baignoire ronde, encastrée, il regarde les annonces, le cours de la bourse, très détendu, un whisky de bonne marque à portée de la main au bord de la baignoire. Il a l'air beau, vif, intelligent, au courant de tout.

En pensant à cette image, je suis obligé de me lever, et je vais vomir dans l'évier non encastré, bêtement accroché au mur de la cuisine. Et tout ce qui sort de moi bouche cet évier de malheur.

Je suis bien étonné à la vue de ce tas d'immondices dont le volume me semble le double de ce que j'ai pu manger durant les dernières vingt-quatre heures. En contemplant l'ignoble chose, je suis pris d'une nausée nouvelle et je sors précipitamment de la cuisine.

Je vais dans la rue pour oublier, je me promène comme quiconque, mais il n'y a rien dans les rues, seulement des gens, des magasins, c'est tout.

Je n'ai pas envie de retourner chez moi à cause de mon évier bouché, je n'ai pas envie de marcher non plus, alors je m'arrête sur le trottoir, tournant le dos à un grand magasin, je regarde les gens entrer et sortir, et je pense que ceux qui sortent devraient rester dedans, et ceux qui entrent devraient rester dehors, ça économiserait pas mal de mouvement et de fatigue.

Ce serait un bon conseil à leur donner, mais ils n'écouteraient pas. Donc, je ne dis rien, je ne bouge pas, je n'ai même pas froid ici, dans l'entrée, je profite de la chaleur qui sort du magasin à cause des portes constamment ouvertes, et je me sens presque aussi bien que tout à l'heure, assis dans ma chambre.

Mon père

Vous ne l'avez jamais connu.

Il est mort.

C'est pour cela que je suis partie l'année passée, au début du mois de décembre, dans mon pays que vous ne connaissez pas non plus.

Vingt-quatre heures de train jusqu'à la capitale, une nuit de repos chez mon frère, et de nouveau le train, pendant douze heures, cela fait trente-six heures de voyage, jusqu'à cette grande ville industrielle où on allait emmurer mon père, une urne blanche en porcelaine, un petit trou creusé dans le béton.

Trente-six heures de train, avec des attentes, des arrêts, dans des gares désertes et froides, entourée de compagnons qui n'ont pas perdu leur père, ou qui l'ont perdu il y a si longtemps qu'ils n'y pensent plus. Moi, j'y pensais, mais je n'y croyais pas.

J'avais déjà fait ce trajet plusieurs fois, quand mon père était encore vivant, il m'attendait au bout de mon voyage dans la banlieue de cette ville industrielle où il a si peu vécu, si peu aimé, et où il ne s'est jamais promené avec moi la main dans la main.

A son enterrement, il pleuvait presque. L'assistance était plutôt nombreuse, des couronnes, des chants, un chœur composé d'hommes en noir. C'était un enterrement socialiste, sans curé.

J'ai mis un bouquet d'œillets près de l'urne blanche, si petite, je ne pouvais croire que mon père était dedans, lui si grand à l'époque où j'étais encore sa fille, son enfant.

L'urne en porcelaine, ce n'était pas mon père.

J'ai tout de même pleuré quand ils l'ont placée dans le béton. Un disque jouait l'hymne national où il est question de Dieu que l'on prie de bénir ce pays et son peuple qui a tant souffert dans le passé et même pour l'avenir.

Le chœur des hommes a dû en remettre, car les

deux emmureurs s'y prenaient très mal, la plaque de fermeture ne jouait pas, l'urne, mon père, ne voulait pas entrer dans le petit trou de béton.

J'ai appris par la suite que mon père voulait être enterré, et non emmuré dans son village natal, mais on l'a convaincu – moribond souffrant d'un cancer de l'estomac, s'éteignant à petit feu dans l'ignorance de son mal, soulagé à coups de piqûres de morphine –, on l'a convaincu, ma mère et mon frère, qu'il serait mieux ici, dans le cimetière de cette horrible ville industrielle, qu'il n'avait jamais aimée, et où il ne s'est jamais promené avec moi la main dans la main.

Plus tard, j'ai dû saluer beaucoup de gens, inconnus pour moi, mais qui, eux, me connaissaient. Les femmes m'embrassaient.

Enfin, c'était fini. Transis, nous avons pu rentrer chez mes parents, je veux dire chez ma mère. Il y avait une sorte de réception. J'ai mangé, comme tout le monde, j'ai bu. J'étais fatiguée de mon trajet, de la cérémonie, des invités, de tout.

Je suis allée dans la petite chambre de mon père où il avait l'habitude de se retirer pour lire, pour apprendre des langues, écrire son journal.

Mon père n'y était pas. Il n'était pas non plus dans le jardin. J'ai pensé que, peut-être, il était allé faire des commissions à cause de tous ces gens chez lui. Il faisait souvent les commissions, il aimait ça.

Je l'attendais, je voulais le revoir, parce qu'il me fallait bientôt rentrer, c'est à dire revenir ici. J'ai bu beaucoup de vin, et il n'était toujours pas là.

— Mais où est-il passé, papa? — ai-je dit à la fin, et les gens me regardaient.

Mes frères m'ont emmenée chez eux, ils m'ont couchée. Le lendemain, je suis repartie. Vingt-quatre heures, trente-six heures de train.

Pendant le voyage, je faisais des projets.

Dans quelque temps, j'allais revenir, je descellerais la plaque de béton, je volerais l'urne, je l'enterrerais dans son village natal, au bord de la rivière, dans la terre noire.

C'est une région que je connais mal, je n'y suis jamais allée. Mais alors, l'urne une fois volée, où l'enterrerais-je?

Nulle part mon père ne s'est promené avec moi la main dans la main.

Table

Du même auteur

Le Grand Cahier
roman
prix européen de l'ADELF
Seuil, 1986
et « Points », n° P41

La Preuve
roman
Seuil, 1988
et « Points », n° P42

Le Troisième Mensonge
roman
prix du Livre Inter 1992
Seuil, 1991
et « Points », n° P126

**Le Grand Cahier, La Preuve
et Le Troisième Mensonge**
en un seul volume relié
Seuil, 1991

Hier
roman
Seuil, 1995
et « Points », n° P293

L'Heure grise
et autres pièces
théâtre
Seuil, 1998

L'Analphabète
récit autobiographique
Zoé, 2004

RÉALISATION : PAO ÉDITIONS DU SEUIL
IMPRESSION : FIRMIN-DIDOT AU MESNIL-SUR-L'ESTRÉE
DÉPÔT LÉGAL : JANVIER 2005. N° 78764-2 (71971)
IMPRIMÉ EN FRANCE